EXPOSITION RODIN

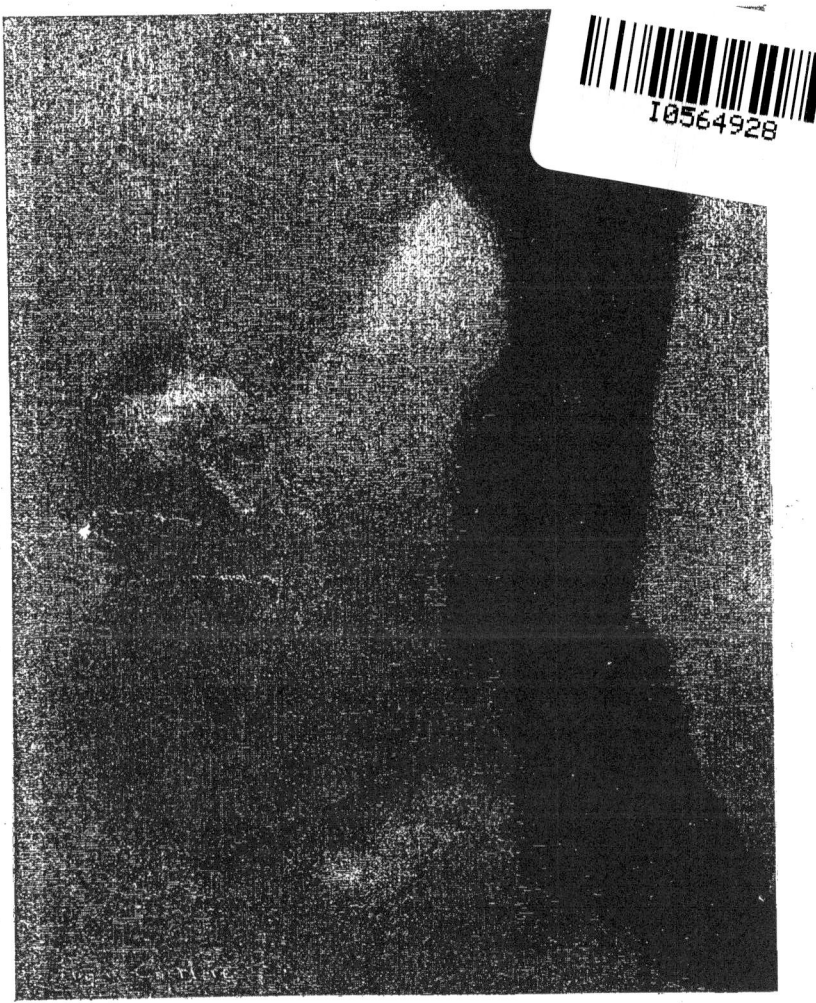

SOCIÉTÉ D'ÉDITION ARTISTIQUE

PAVILLON DE HANOVRE

32-34, RUE LOUIS-LE-GRAND, 32-34, PARIS

L'ŒUVRE DE RODIN

PARIS

IMPRIMERIE D. DUMOULIN

5, rue des Grands-Augustins, 5

BUSTE DE RODIN, PAR FALGUIÈRE

EXPOSITION DE 1900

L'ŒUVRE DE RODIN.

PRÉFACES DE CARRIÈRE, JEAN-PAUL
LAURENS, CLAUDE MONET, A. BESNARD.

*Introduction et Catalogue par Arsène
Alexandre.*

PARIS

SOCIÉTÉ D'ÉDITION ARTISTIQUE

1900

L'ART DE RODIN

L'art de Rodin sort de la terre et y retourne, semblable aux blocs géants, rochers ou dolmens qui affirment les solitudes et dans l'héroïque grandissement desquels l'homme s'est reconnu.

La transmission de la pensée par l'art, comme la transmission de la vie, est œuvre de passion et d'amour.

La passion, dont Rodin est le serviteur obéissant lui fait découvrir les lois qui servent à l'exprimer, c'est elle qui lui donne le sens des volumes et des proportions, le choix de la saillie expressive.

Ainsi la terre projette au dehors ses formes apparentes, images, statues qui nous pénètrent du sens de sa vie intérieure.

Ce sont ces formes terrestres qui furent les initiatrices véritables de Rodin. Ce sont elles qui l'ont libéré des traditions d'école, c'est en elles qu'il a retrouvé son être et l'instinct créateur des hommes dont l'humanité se réclame.

Les arbres, les plantes, lui ont révélé leur analogie avec ces belles jeunes femmes aux jambes lisses montant en frêles colonnes, au torse mouvant où se gonfle le sein sur lequel lourdement s'appuie la tête dans l'accompagnement d'un cou souple et fort, ainsi un beau fruit de sève pressé contraint sa branche.

Le front massif ombre les yeux et la joue doucement amène la lèvre à l'amoureuse demande.

Les formes se cherchent et se rejoignent dans de voluptueux désirs de violence et de résignation, révoltées et obéissantes aux lois auxquelles rien ne se dérobe ; partout triomphe une logique consciente.

L'esprit généralisateur de Rodin lui a imposé la solitude. Il n'a pu collaborer à la cathédrale absente ; mais son désir d'humanité le relie aux formes éternelles de la nature.

Eugène CARRIÈRE.

19 avril 1900.

Que pourrais-je ajouter à ce que j'ai déjà dit devant vous de Rodin?

Vous connaissez mon admiration pour le grand sculpteur.

Il est de la race de ceux qui *marchent seuls*, de ceux que sans cesse on attaque, mais que rien ne peut entamer.

Son cortège de marbres et de bronzes suffira toujours à à le défendre.

Il peut compter dessus.

Voilà mon sentiment.

Jean-Paul LAURENS.

Giverny, par Vernon (Eure).

Vous me demandez de vous dire, en quelques lignes, ce que je pense de Rodin.

Vous le savez ce que j'en pense, mais, pour le bien dire, il me faudrait un talent que je ne possède pas ; écrire m'est pas mon métier. Mais ce que je tiens à vous dire, c'est ma grande admiration pour cet homme unique en ce temps et grand parmi les plus grands.

L'Exposition de son œuvre sera un événement. Le succès en est certain et sera la consécration définitive du bel artiste.

CLAUDE MONET.

RODIN

Au cours des vingt années passées, tout a été dit sur Rodin par les lettrés et les critiques. Leur intervention, trop souvent sanglante, pour parler en style de chirurgien, n'a mis à nu que des organes admirables ; elle a laissé dans le mystère l'âme de l'artiste, parce que le fluide divin dans lequel elle nage échappe à l'analyse, même à celle de l'artiste lui-même. Prométhée savait-il de quelle nature était le feu qu'il dérobait à Jupiter ? — Son supplice lui apprit seulement qu'ici-bas la douleur est le prix du génie. Rodin lui aussi a eu son vautour comme tous les grands artistes qui ont cherché leur idéal dans les régions supérieures.

Aujourd'hui vous demandez à un artiste de développer les hautes raisons d'art et de technique qui font de ce statuaire, unique à notre époque, le créateur de formes et l'évocateur d'idées qui ont fait tressaillir d'admiration ou de rage la génération actuelle. Je ne sais vraiment si j'ai le droit d'essayer de vous satisfaire. L'âme de l'artiste est un sanctuaire que nul ne doit violer. Aussi m'arrêterai-je au seuil, me bornant à transcrire les pensées que me suggère l'œuvre immense que j'ai sous les yeux.

Je suppose, en regardant cet œuvre de Rodin, que son cerveau, comme celui de tout grand artiste, contient l'idée totale du monde avec toutes ses formes, ses symboles, et leurs complexités innombrables d'où naissent les hautes synthèses. La contemplation passionnée de la Nature l'a certainement amené à sentir

que nulle force en dehors d'Elle n'est capable de
suggérer son propre symbole. De là cet amour du
« morceau » qui fournit à Rodin l'expression même
de la vie, qui lui permet de fixer la trace des passions
en faisant jaillir de la forme l'Idée, toutes les idées,
et les significations de l'humanité.

La forme, telle que la comprend Rodin, devient la
vie. Il fait d'abord des hommes, et puis il les anime ;
ou mieux, ils vivent, dès qu'ils sont parfaits. Cela est
contraire à l'esthétique de ceux d'entre les artistes
qui croient faire grand avec un sujet pompeux sans
en percevoir le côté humain, dont l'absence con-
damne leurs œuvres à l'oubli. Car les générations ne
tiennent compte que de celles où l'humanité a le plus
de part. C'est pour cette raison que l'art grec est im-
mortel et sera à jamais le guide de tout art qui voudra
rester grand. Quelle serait pour nous la conception
du monde païen sans les grands sculpteurs de l'anti-
quité grecque ? Ce pauvre Jupiter serait aujourd'hui
bien oublié sans le divin Phidias.

Ceci m'amène à dire que Rodin est aussi un grand
historien ; car il a pétri dans la matière, au moyen de
la forme, des états d'âme, ce qui importe à l'histoire
plus encore que des faits ou des physionomies que
l'actualité dénature. — Que croyez-vous que diraient
les artistes, les lettrés des siècles à venir si, toutes
traces de notre monde actuel disparues, on retrou-
vait les statues de Hugo et de Balzac ? — Eh bien,
ils diraient que ce sont vestiges d'une grande
époque d'art, où l'admiration des foules pour les
hommes de pensée suggérait aux statuaires de génie
des œuvres grandioses. Ils devineraient dans Hugo
le poète universel et inspiré, le chantre de la nature
et de l'humanité, des passions et des orages. Ils ver-

raient dans ce Balzac tant discuté, si follement in-
sulté, projeté par le génie, surgissant au bord de
son piédestal comme prêt à s'élancer dans la vie ; ils
verraient, dis-je, le génie palpitant, intense et douloureux, d'un puissant psychologue ; car à nul autre
ne peuvent appartenir ce port de tête et ces orbites
au fond desquels nagent des yeux presque inutiles,
humbles serviteurs qu'ils sont du cerveau qui seul
voit tout.

A cette hauteur, l'amplification de la fougue devient la sérénité. — Oui ! la sérénité ! Sommet de
l'Art qu'illumine le génie et que rafraîchit l'haleine
de la pensée pure.

P.-A. BESNARD.

Paris, 24 avril 1900.

INTRODUCTION AU CATALOGUE

Admiré ou bafoué, âprement nié ou honoré à sa juste valeur, Rodin est actuellement le plus célèbre des sculpteurs. Nous ne disons pas le plus récompensé, ni le plus abondamment pourvu des sanctions et des faveurs officielles; mais il est sans contredit celui qui dans le monde, à notre époque, a le plus profondément troublé les esprits, le plus vivement passionné l'opinion, enfin le plus puissamment inspiré les poètes.

Remuer à ce point les idées ne peut appartenir à une pensée médiocre ni à un talent stérile. L'exposition qui a lieu ici va le prouver d'une façon définitive, dût-elle soulever encore bien des controverses. L'on va voir réunie la production déjà d'une longue carrière, et les fruits d'un constant effort vers la beauté, en dehors des conventions.

Certaines œuvres sont depuis longtemps célèbres et certaines autres sont encore inconnues du public; leur ensemble est un des plus imposants et des plus émouvants que l'art français puisse présenter en ce moment. L'heure était bien choisie pour que le labeur de Rodin fût montré au public du monde entier accouru à Paris, pour juger l'art du monde même.

*
* *

A ceux qui viennent étudier cet artiste et méditer sur son œuvre dans un esprit d'ardeur pour le beau, ce catalogue ne veut être qu'un compagnon fraternel d'enthousiasme.

A ceux qui arrivent de bonne foi sans avoir assez vécu encore avec cette œuvre pour la pénétrer complètement, ces quelques pages souhaiteraient d'être comme un guide sympathique, s'efforçant modestement de les aider à voir, à lire, à comprendre.

De toute façon, nous nous garderons de donner à l'admiration un tour agressif, et de changer un catalogue en une brochure de polémique. Nous sommes entre braves gens aimant les belles choses en toute simplicité de cœur, et, en présence des œuvres, l'heure des discussions est déjà passée.

Tout au plus pourrions-nous, en passant, rappeler qu'il y eut de tout temps, au plus fort des batailles que souleva l'œuvre de Rodin, une grande différence entre le langage de ses défenseurs et celui que tenaient les personnes éprises d'une froide perfection académique ou d'un agrément conventionnel. Ces personnes ne sauraient être désapprouvées de garder une fidélité à cette sorte d'idéal, du moment qu'il donnait à leur esprit toute satisfaction. Mais tandis que nous nous sommes toujours contentés de trouver les œuvres de leur choix *insuffisantes* à nous procurer les mêmes jouissances qu'à eux, on dénonçait comme *dangereuses* celles qui nous apportaient de profondes émotions.

Dangereuse ! Est-ce qu'une œuvre où un grand artiste a mis toute sa passion et toute sa foi, peut l'être pour d'autres que ceux de ses confrères dont elle dérange la tranquillité d'esprit ?

Pour le public à qui elle apporte une nouvelle expression des éternels sentiments, elle n'est pas un danger, mais un bienfait !

Malheureusement ce public à qui un tel bienfait s'adresse n'en comprend pas toujours la valeur dès le premier jour. Il devient aisément la dupe de ceux qui lui persuadent qu'il est menacé. Cela s'est vu souvent chez nous. La France, qui est une terre de grands sculpteurs leur a été presque toujours dure pendant leur vie, et son ingratitude envers eux n'a cessé que trop tard. Elle y a perdu quelques beaux monuments.

Phénomène étrange, ce pays qui vit, à des époques bénies, éclore les sculptures de Chartres, d'Amiens, de Reims, de Notre-Dame de Paris, a rendu la vie difficile et la besogne pénible aux vrais successeurs de ses grands imagiers inconnus. Tour à tour Jean Goujon, Puget, Houdon, Rude, Barye, Carpeaux, furent, soit tournés en dérision, soit persécutés, soit enfin, pis que tout cela, entravés ou interrompus dans leur tâche.

Réjouissons-nous qu'une occasion nous soit offerte de rendre justice au dernier en date et à l'un des plus grands, car nous aurions, nous aussi, pu laisser passer l'heure.

*
* *

Tout s'enchaîne et se suit dans l'œuvre de Rodin avec une continuité et une logique admirables. Il suffira de quelques dates et de quelques faits pour vous permettre d'en embrasser sans peine le beau développement ; un très petit nombre de réflexions pourra ensuite aider à comprendre les grandes idées qui dominent cet immense répertoire de mouvements et d'expressions, les leçons qui s'en dégagent.

Rodin naît, en 1840, à Paris. Enfant songeur et épris d'images, doué de toutes les aptitudes manuelles qui lui auraient permis d'être le plus merveilleux virtuose, le plus surprenant praticien, s'il n'avait été marqué pour une destinée plus haute, mais qui l'ont mis à même dès sa jeunesse d'être sculpteur, décorateur, graveur et peintre, il fut attiré vers un des hommes qui représentaient alors le plus puissamment le principe de la force libre et de la nature ardemment contemplée : Barye.

Peut-être cependant l'*exemple* de Barye a-t-il plus profité à Rodin que son *enseignement* immédiat.

Puis il passe à l'atelier de Carrier-Belleuse, moins élève cette fois, que collaborateur.

En 1864, il expose sa première œuvre, le masque d'*Homme au nez cassé*, où déjà sa vision directe de la nature et ses moyens d'expression s'affirment d'une façon assez entière pour qu'aujourd'hui ce morceau puisse être placé à côté des plus beaux de sa maturité.

3

De 1865 à 1877, tant chez Carrier qu'à Bruxelles, il gagne durement sa vie, contemple, travaille et se prépare. En 1877, il expose au Salon le plâtre de cette figure de l'*Age d'airain* que vous allez retrouver ici, et dont il vous plaira peut-être d'aller revoir le bronze du Salon de 1880 sous les ombrages si doux des jardins du Luxembourg.

Cette figure, où le poète se montrait déjà plus intense, et qui disait au complet le regardeur de mouvements vrais, le modeleur de lignes et de formes vivantes, souleva des polémiques; elles sont si loin que déjà bien des gens les ignoreraient; nous les rappelons uniquement pour montrer que dès les premières œuvres datèrent les premières insultes.

En 1881 vient le *Saint Jean-Baptiste* du Musée du Luxembourg, puis, de là à 1886, les bustes de Jean-Paul Laurens, de Dalou, de Legros, de Victor Hugo, d'Antonin Proust, d'Henry Becque.

La première esquisse du *Monument à Victor Hugo* date de 1886; les premières études pour les *Bourgeois de Calais*, de 1888; les recherches pour la *Porte de l'Enfer*, de 1889.

A partir de ce moment, les œuvres se succèdent avec une abondance si passionnée, une beauté de fièvre telle, qu'il est difficile d'en préciser la chronologie. Le sculpteur, en effet, va de l'une à l'autre, revient à celle qu'il avait laissée en suspens la veille pour en faire germer impatiemment une nouvelle. Il crée toute une palette de mouvements, il recueille mille thèmes dont la suite n'est jamais close et sur lesquels il varie à l'infini, les reprenant, les combinant entre eux, les sacrifiant même souvent pour n'en garder qu'une partie, ou pour en faire de nouveaux points de départ.

Nous pouvons encore noter que la statue de *Bastien Lepage* est datée de 1889, le buste de *Puvis de Chavannes*, de 1892, ainsi que le monument de *Claude Lorrain*; que les *Bourgeois de Calais* sont érigés à Calais, en 1895 ; que le grand modèle du *Monument à Victor Hugo* est exposé au Salon de 1895, et la statue de *Balzac*, en 1898.

Mais ces dates marquent bien plutôt des étapes, dans l'accomplissement des grandes œuvres, que l'âge réel de ces œuvres elles-mêmes. Rodin ne fut jamais l'homme d'une statue par an.

Pour prendre un exemple, la *Porte de l'Enfer* n'a pas de date ; elle date de toutes les douze ou quatorze années que Rodin a employées à la concevoir, à la modifier, à l'enrichir, à en retrancher, à la refaire, à la laisser voilée, à y travailler sans cesse en paraissant passer définitivement à autre chose.

De même les *Bourgeois de Calais* ont une date d'éclosion, une date d'inauguration, mais leur date de création, c'est huit années. Pareille durée, pareille continuité, pareille simultanéité pour le *Balzac*, pour le *Victor Hugo*, que dis-je, pour un simple buste de femme, pour la moindre des esquisses, la même dix fois née.

Retenons bien ceci, qui nous ouvre un horizon sur la nature du génie de Rodin et nous permet d'en apprécier l'exceptionnelle ampleur et expansion : c'est qu'il n'est pas une année, pas un jour, pas une heure, où il n'ait travaillé à toute son œuvre à la fois.

*
* *

Ces quelques indications de faits nous ont conduits très rapidement à des indications d'idées, car avec un artiste comme celui-ci, il n'y a pas matière à s'attarder en des curiosités biographiques, ni en des classifications de détail, puisque chaque fragment de l'œuvre participe de la portée générale de l'œuvre tout entière.

Les causes des discussions qui se sont engagées autour d'elles sont les mêmes que celles de notre admiration. Dire pourquoi l'on admire Rodin, c'est en même temps répondre à ceux qui le combattent et essayer d'éclairer ceux qui désirent le comprendre ; c'est aussi adopter une

forme plus réconfortante et plus douce au cœur, que de
batailler ou de dogmatiser.

Nous aimons l'art de Rodin, parce que chacune de ses
œuvres nous apporte toujours une profonde surprise, ce
choc d'émotion qui renouvelle pour nous les raisons de
regarder des œuvres d'art. Chaque figure, chaque composition nouvelle qui éclôt sous les doigts de Rodin, est
un produit, non pas seulement d'imagination, mais aussi
de contemplation. Elle est directement puisée dans la
nature, mais si elle nous ravit et nous semble neuve,
c'est que parce que nous n'avions pas encore songé à
voir, comme Rodin, cette ligne, cette forme, ce mouvement. Les grands artistes ne sont tels, que parce qu'ils
voient plus et plus vite que les autres, et parce que, à
leur exemple, ils nous apprennent à voir plus de choses
que nous n'en voyions avant.

C'est pour cela que nous devons considérer l'art de
Rodin comme émancipateur.

Nous aimons encore l'art de Rodin parce que, à côté
de la contemplation directe, intense de la nature, il a
fait la plus large place à la passion. Il paraît beau de dire
avec le poète :

Je hais le mouvement qui déplace les lignes,

Mais, outre que cela devient une excuse par trop com-
mode pour ceux qui se dispensent de sentir, nous ne
pouvons plus, dans l'art moderne, faire abstraction du
mouvement et de la passion qui le provoque. Et d'ailleurs
est-ce que le mouvement ne crée pas, lui aussi, des lignes
inattendues, aussi belles que celles qui s'arrangent dans
une abstraite immobilité ? L'œuvre de Rodin nous offre
un spectacle extraordinaire de passion inassouvie. Ces
êtres qui se cherchent, s'étreignent, se poursuivent, s'enlacent, se perdent, c'est le spectacle même de la passion
humaine, matérialisée, mais idéalisée en même temps,
car, par une merveilleuse conséquence, l'idée d'inas-

souvissement évoque directement chez ce poète celle même d'idéal.

C'est pour cela que l'art de Rodin est une source d'émotion.

Enfin, nous aimons l'art de Rodin parce qu'il s'inspire, en les traduisant plastiquement, des idées poétiques, des idées générales, qu'un enseignement trop timide, et de grossiers préjugés d'atelier déclaraient en dehors du domaine de l'art. Il suffit de rappeler les idées d'héroïsme, d'abnégation patriotique, qui se dégagent du groupe des *Bourgeois de Calais*, le poème de destinées humaines qu'est la *Porte de l'Enfer*, l'hymne à la pensée que chante le *Monument à Victor Hugo*.

C'est pour cela que l'art de Rodin, dépassant la simple impression de jouissance matérielle dont se contentent tant de gens, contribue à élever les esprits.

Nous disons que cet art « traduit plastiquement les idées ». Nous tenons à insister là-dessus, car l'on a dit souvent, d'une part, que les œuvres de Rodin étaient de la littérature plutôt que de la sculpture, et d'autre part, que ces œuvres manquaient de ce que l'on appelle le fini.

Nous défions que l'on puisse, en la regardant avec sincérité, trouver une seule des œuvres exposées ici, qui ne tire son intérêt et sa beauté de l'*action* qu'elle accomplit, de la *forme* qu'elle offre. Ce qui est « littéraire » au vrai sens du mot, c'est l'*allégorie* académique elle-même. Mais ici, aucune allégorie : rien que l'action réelle, directe. Chacune de ces œuvres est donc un véritable poème plastique.

Quant à ce qu'on appelle le fini et qui n'est que la conception d'une sorte de propreté fatigante, à la portée du plus simple manœuvre, il est certain qu'on ne le trouve pas chez Rodin, et cela fort heureusement. Mais, si par une œuvre finie, on entend qu'elle donne toute sa signification, tout son effet, que la pensée s'y manifeste soudaine et complète, il n'est pas non plus, une de ces œu-

vres qui ne soit finie autant qu'elle devait l'être. Rodin
a exécuté de si merveilleux *morceaux* : les bustes de
femmes, l'*Homme qui s'éveille*, les divers marbres et
pierres, qu'il serait puéril de vouloir attirer l'attention
sur leur beauté si visible pour tous. Mais après tout, est-
ce utile de vous demander de décider si l'œuvre est plus
belle quand elle atteste le travail imperturbable du
papier de verre, ou quand elle conserve la trace d'une
main frémissante ?

D'ailleurs, il n'importe pas qu'un grand artiste se
donne toujours en patience. Il est plus profitable aux
hommes qu'il se donne en intensité.

* * *

Ainsi, absorbé dans sa contemplation et dans son be-
soin de la réaliser, Rodin est devenu ce que certains ap-
pellent un révolutionnaire. C'est certainement sans le
savoir, et sans le vouloir, car ce n'est pas par goût de
révolution, mais par goût de beauté, qu'il a accompli
son œuvre.

S'il a été révolutionnaire, c'est à la façon de Wagner, et
presque avec la même méthode. Il aura accompli dans
le domaine de la plastique ce que Wagner a accompli
dans le domaine musical. Cette identité, qui nous semble
très saisissante, commence à la vie elle-même, puisque
comme Wagner, Rodin a été bafoué, comme lui incom-
pris, et se trouve être comme lui un montreur de routes,
où l'on commence déjà à se précipiter. Mais une analogie plus haute existe dans l'enfantement de l'œuvre.
Vous observerez que Rodin, comme le musicien, a ses
motifs dominants qui hantent sa pensée, auxquels il
revient, qu'il arrange chaque fois différemment, qui se
renouvellent chaque fois qu'ils s'associent ou se disso-
cient, toujours reconnaissables, jamais identiques.

Enfin, on pourrait continuer le parallèle en disant
que, comme Wagner, peut-être Rodin est-il plus incom-
pris au moment même où on se met à l'imiter, qu'au

temps où on le niait... Mais nous avons des préoccupa-
tions plus ardentes que celle de développer ces considé-
rations simplement historiques.

L'exposition de l'œuvre de Rodin sera pour nous, avant
tout, une grande leçon d'admiration. En semant à pleines
mains les esquisses, les compositions, les dessins, en
pétrissant de vivantes images de la douleur, de la passion, de l'amour, de l'effroi, de la désespérance et de
l'espoir, il nous enseigne à vivre, comme lui, dans une
admiration perpétuelle, à nous élever, comme lui, dans
un fiévreux rêve de vérité et de beauté.

ŒUVRES DE RODIN

EXPOSÉES AU PAVILLON DE L'ALMA

1. — L'EMPRISE.

Petit groupe de deux figures debout et enlacées; la femme domine de presque tout le buste, et étreint férocement, l'homme sur qui elle a fondu comme sur une proie, et qui ne résiste plus.

2. — LE PÉCHÉ.

Groupe de deux figures, mettant en présence, comme le précédent, l'élément masculin et l'élément féminin, mais cette fois à l'état de lutte acharnée se mêlant à la passion. La femme s'accroche avec fureur à l'homme qui résiste encore mais déjà s'abandonne, avec une sorte de désespoir. Elle s'agrippe à ses épaules, lui passe autour du torse une jambe nerveuse qui l'enserre comme une liane.

3. — TÊTE DE FEMME.

Cette tête, d'un caractère robuste, mais d'une expression de rêve, est celle qui surmonte une colonne de marbre, animée de nombreuses figures, faisant partie de la collection Fenaille, sous le titre : le *Poète et la Vie*.

4. — TÊTE DE FEMME (Mlle C.).

5. — FAUNE EMPORTANT UNE FEMME.

A grandes enjambées, et s'appuyant sur un noueux ceps de vigne, le faune emporte sa proie sur son dos, et se hâte vers les profondeurs des bois.

4

6. — FAUNE ENLEVANT UNE FEMME.

Elle résiste et se cramponne; mais il la prend et l'élève loin de terre, d'un mouvement de passion effrénée.

7. — PETITE FIGURE ACCROUPIE.

8. — FIGURE DE FEMME COUCHÉE SUR LE VENTRE.

9. — ADONIS MOURANT.

Vénus se penche vers le frêle et fin adolescent qui est étendu sur le sol, et autour de qui on sent déjà flotter les ombres de la mort; navrée, elle recueille ses derniers soupirs.

10. — FIGURE DEBOUT.

11. — PETITE FIGURE, UNE DES « TROIS SIRÈNES ».

Voir plus loin la notice sur le groupe d'où est isolé ce fragment.

12. — PETIT TORSE PENCHÉ.

Un des nombreux morceaux d'étude où Rodin, soit en caressant le modelé d'un dos, soit en affirmant un mouvement qui vibre, évoque à nos yeux le frémissement de la chair, et se rallie directement à la vérité et à la grandeur de l'art antique.

13. — FEMME COUCHÉE SUR LE DOS.

Figure employée dans le groupe : le *Baiser du fantôme*; voir plus loin la description de cette œuvre.

14. — LA FORCE BRUTALE TUANT L'AMOUR.

15. — FAUNESSE, LES JAMBES ÉCARTÉES.

Petite figure de femme accroupie, assise sur les talons, les genoux extrêmement éloignés l'un de l'autre, dans une sorte de mouvement de batracien. Œuvre toute de grâce bestiale, d'où émane un très intense accent de vie sauvage.

16. — BUSTE DE FEMME (MARBRE).

17. — TÊTE DE FEMME (Mme R.).

Tête modelée avec une simplicité, mais aussi une subtilité extrême, du caractère le plus grave, le plus affectueusement attendri, et quasi religieux.

18. — DEUX SIRÈNES, VOYANT UNE DE LEURS COMPAGNES PRISE PAR UN TRITON; SE MORDENT.

Le triton emporte à pleins bras la sirène parmi les flots véhéments dont l'écume les fouette; les deux autres sirènes, qui dominent la scène du haut d'un rocher, et qui par jeu forcené se tiennent l'une à l'autre, s'entre-mordent dans un accès de fureur amoureuse causé par le spectacle du rapt.

19. — JEUNE HOMME EMPORTÉ A L'ABIME PAR UNE SIRÈNE.

Il est sur le dos de la sirène qui plonge, d'un mouvement ondulant.

20. — FIGURE DE FEMME.

21. — FEMME QUI SE PEIGNE.

Figure assise, nue, penchée en avant, à grands cheveux retombants.

22. — PETIT BUSTE, BRONZE.

Petit masque d'une femme aux pommettes saillantes, à bouche lippue, les yeux largement ouverts mais un peu dans le rêve.

23. — MAIN, DITE LE CHATIMENT.

24. — FIGURE SUR LE LIVRE.

Sur l'angle d'un vaste in-folio posé à plat, une femme, se roulant jambes en l'air et se tenant les pieds, dans un transport de joie folle.

25. — MASQUE DE PLEUREUSE.

Visage violemment contracté par la douleur et pleurant « à chaudes larmes » les cheveux épars. En marbre, cette tête est soit encastrée dans un bloc, en guise de haut-relief, soit posée sur un socle, au ras du menton.

26. — TROIS SIRÈNES, FONTAINE.

Ce projet de fontaine comporte trois figures de naïades folâtrant, deux d'entre elles rapprochées, la troisième, plus à l'écart, ayant les jambes entièrement croisées, se tenant de chaque main le pied de la jambe opposée, et se balançant ainsi sur la crête des flots, dans un mouvement plein de fantaisiste enjouement. Base quadrilatérale.

27. — HOMME, BRAS EN L'AIR (DIT MARSYAS).

Petit torse d'homme, de la plus puissante exécution. La tête est violemment renversée en arrière et semble hurler. Les bras ne sont pas exécutés, mais leur mouvement est indiqué par la naissance des épaules, et l'esprit le complète aisément, dans leur effrayante tension.

27 *bis*. — FIGURINE, JAMBE ÉCARTÉE ET LEVÉE.

Esquisse d'une figure qui tombe du ciel en tournoyant.

28. — LE POÈTE ET LES MUSES.

Une des compositions les plus émouvantes et les plus grandioses parmi ces multiples petits groupes. Le poète est étendu à terre, sur le dos; son corps puissant est comme immobilisé dans la rigide froideur de la mort. La tête est relevée, et l'on est dans l'angoisse si cette tête va retomber inerte après avoir exhalé le dernier soupir, ou si au contraire elle s'éveille et va se ranimer sous le souffle de trois muses, qui, rappelant un peu celles du monument à Victor Hugo, sont partagées entre des sentiments divers d'émoi, de deuil et d'espoir.

29. — LE FRÈRE ET LA SŒUR.

« La sœur tient l'enfantelet sur ses genoux; elle le hausse et développe son petit corps, cependant que joyeux il lui tend ses bras mignons; elle est charmante, et juvénile, l'amour la possède déjà, et elle est la mère souriante et affectueuse par les baisers de l'enfant ».

(L. MAILLARD : *Rodin*, Floury, éditeur.)

30. — FIGURE ACCROUPIE.

Toute ramassée sur elle-même, les genoux écartés venant à la hauteur du menton, cette puissante et admirable figure de femme est toute pétrie de mélancolique bestialité.

31. — PETIT GROUPE, FAUNESSES SE POURSUIVANT

32. — LE MINOTAURE.

Ce groupe, parmi les plus célèbres, et une des rares œuvres d'art contemporain qu'Edmond de Goncourt avait admises dans sa maison d'Auteuil, est ainsi décrit par Gustave Geffroy : « Une femme se défend contre un satyre avec des raideurs de bras, des allongements de jambes, son visage se crispe dans la honte du contact de l'être velu et lippu, dans une colère entêtée. » (*La Vie artistique*, Dentu, éditeur, puis Floury.)

33. — PETITE OMBRE REGARDANT LE GOUFFRE.

Étude pour le projet d'une des figures de l'Enfer; une jambe tendue et s'appuyant sur le sol, l'autre relevée et fléchie, le pied posé sur un monticule auquel les deux mains se cramponnent, sous un sentiment de curiosité effrayée.

34. — DEUX BAS-RELIEFS.

Ces deux ébauches en cire, destinées jadis à un concours, représentent deux scènes de la Révolution : les Enrôlements et une Assemblée discutant.

35. — TROIS SIRÈNES.

Très beau groupe de trois femmes de la mer, se tenant enguirlandées, et chantant à la surface moutonneuse de l'océan. Ce délicieux groupe, que M. Geffroy décrit « échancré et inégal comme une flûte de Pan », est un des plus tendrement mélodiques dans l'œuvre de Rodin, si l'on peut ramener les choses de la plastique à des comparaisons musicales. Sans que cette pensée soit venue à l'artiste, ces « Trois Sirènes », aux lignes si jeunes et si suaves, aux chants enlacés comme leurs bras, évoquent invinciblement le trio des *Filles du Rhin* dans l'œuvre de Wagner.

36. — TROIS VERTUS.

Groupe élégant et fin de trois figures de femmes debout, et se tenant unies, les têtes rapprochées, la partie inférieure du corps vêtue de flottantes draperies.

37. — LE FAUNE ATTIRÉ PAR LA BACCHANTE.

La Bacchante, se roulant sur le sol, attire le faune et va le forcer à se coucher près d'elle.

38. — L'HOMME, PAR SA MORT, RENTRE DANS LA NATURE.

Figure d'homme, complètement ramassée sur elle-même, à l'exception d'un des bras qui demeure encore levé, comme celui de l'enlizé, qui peu à peu s'enfonce et disparaît sous le sol. Des mousses et des fleurs commencent à le recouvrir.

39. — DAPHNIS ET LYCÉNION.

Lycénion initie Daphnis à l'amour.

40. — LE BAISER DU FANTOME A LA JEUNE FILLE.

Vers ce corps délicat et tendre de jeune fille couchée et endormie s'avance et va se pencher une sorte de succube qui sort du sol comme une vapeur émanée de la terre. (MARBRE PRÊTÉ PAR M. J. PEYTEL.)

41. — ADONIS SE RÉVEILLANT.

Adonis est étendu sur un arbre creux abattu sur le sol; deux nymphes le réveillent sous leurs caresses. Emblème du printemps se réveillant sous les premières brises.

42. — LES GÉNIES MAUVAIS ENTRAINANT L'HOMME.

43. — PROTECTION HEUREUSE.

44. — DEUX BACCHANTES S'EMBRASSANT.

Étroit enlacement de deux divinités de la terre, une faunesse aux jambes de bête, et une dryade à la double rangée de seins.

45. — FAUNE OFFRANT UN PRÉSENT A UNE BAC-CHANTE.

Deux figures assises et folâtrant, dans un mouvement enjoué, gai, plein de jeunesse et de grâce.

46. — PERSÉE ET MÉDUSE.

Le héros vient de trancher la tête du monstre et la brandit en avant; il exulte et danse de joie, tandis que Méduse, dont le cou laisse s'échapper un flot de sang, saisit encore un de ses pieds, dans une désespérée convulsion.

47. — ÉTUDE DE MAIN.

Petite main ouverte et crispée.

48. — SIRÈNE SE TENANT LES PIEDS.

C'est la figure aux jambes croisées décrite au numéro 26, et qui, depuis, a été groupée avec deux autres pour un projet de fontaine.

49. — FIGURE COUCHÉE.

Elle est couchée sur le côté; et se distingue par un grand sentiment sculptural.

50. — OCTAVE MIRBEAU.

Étude pour le buste en marbre de l'écrivain. Cette tête ici est détachée en ronde bosse, dans un mouvement incliné et vue de face; tandis que dans le marbre, de profil, elle se dégage d'un bloc rudement creusé qui lui sert de fond.

51. — DIABLE EMPORTANT UNE FEMME.

Groupe en vue de la Porte de l'Enfer.

50 *bis*. — L'ENFANT PRODIGUE.

A genoux, tout le corps renversé en arrière, et les bras levés au ciel dans un mouvement d'appel et de désespoir, il crie sa tardive plainte. Il existe de cette figure une exécution en pierre d'une grande beauté.

51 *bis*. — FEMME AU BAIN.

Figure de femme très repliée sur elle-même, se frottant le cou en arrière avec une de ses mains et laissant tomber en avant d'elle la lourde masse de ses cheveux.

52. — L'ENTRAINEMENT A L'ABIME.

Petit groupe de deux figures, dont une entraîne l'autre à grands pas.

52 *bis*. — PETITE FIGURE DROITE, ASPECT ANTIQUE.

Sorte de petite Isis, d'une grande simplicité de lignes ; esquisse.

53. — FIGURE FAISANT PARTIE DES « FEMMES DAMNÉES ».

(Voir plus loin la notice sur ce groupe).

54. — PETIT TORSE ANTIQUE.

Petit torse d'homme, d'une étude très serrée, et digne de l'antique, véritablement.

55. — DÉSESPOIR.

Figure de femme assise qui, une jambe étendue en avant, se tient le pied dans un paroxysme d'égarement.

56. — PETITE FIGURE, LA JAMBE LEVÉE.

C'est, isolée, la figure de faune les bras étendus qui se trouve dans le groupe du *Vieil arbre*, décrit plus loin.

58. — PETITE FIGURE DE FEMME ASSISE.

59. — LA PORTE DE L'ENFER.

« La Porte de l'Enfer, c'est l'assemblage, dans une action mouvementée, des instincts, des fatalités, des désirs, des désespérances, de tout ce qui crie et gémit en l'homme. Le poème du Gibelin n'a conservé aucune couleur locale, a perdu toute sa signification florentine ; il a été, pour ainsi dire, dénudé, exprimé dans sa signification synthétique, comme un recueil des aspects non changeants de l'humanité de tous les pays et de tous les temps... En commençant par les parties qui avoisinent le sol, il faut d'abord observer que les deux bas-reliefs au-dessus desquels s'étage la composition présentent à leurs centres d'inoubliables masques par lesquels parle la Douleur... Autour de ces masques une course de femmes, de satyres et de centaures, où des grâces fuyantes se mêlent à des virilités animales.

« Sur les deux montants, c'est une ascension de figures reserrées dans l'étroit espace, allongées, fluides, avec des parties sortantes de haut relief. Ce sont les douces amoureuses, les heureuses criminelles des joies illicites, les amants réunis dans la souffrance...

« Tout en haut, au-dessus du fronton, trois hommes dressent au sommet de l'œuvre un équivalent animé de l'inscription dantesque : *Lasciato ogni speranza*. Ils s'appuient l'un sur l'autre, se penchent dans des attitudes de désolation, leurs bras tendus et rassemblés vers le même point, leurs doigts indicateurs rapprochés, exprimant le certain et l'irréparable. Au-dessous d'eux, en avant des foules remuantes qui constituent le premier cercle de l'enfer, un Dante, ou plutôt le Poète, nu, n'ayant aucun des signes qui font reconnaître une époque ou une nationalité, médite, mais à la façon d'un homme d'action au repos.....

« La réflexion du rêveur peut être étendue et profonde ; car
voici, à ses pieds, sous ses regards, le tournoiement vertigi-
neux, la chute dans l'espace et le rampement sur le sol, de
toute une pauvre humanité obstinée à vivre et à souffrir,
meurtrie, blessée dans sa chair et attristée dans son âme,
criant ses douleurs, ricanant dans les pleurs, et chantant ses
inquiétudes haletantes, ses jouissances maladives, ses douleurs extasiées. A travers des pierres de chaos, sur des fonds
embrasés, des corps s'enlacent, se quittent, se rejoignent, des
mains agrippent comme pour déchirer, des bouches aspirent
comme pour mordre, des femmes courent, les seins gonflés,
la croupe impatiente, les désirs équivoques et les passions
désolées frissonnent sous les invincibles coups de fouet du
rut animal, ou retombent, navrés, pleurant l'attente stérile
d'un plus grand plaisir, voulu et introuvable. »

(Gustave Geffroy : *La Vie artistique.*)

60. — LES BOURGEOIS DE CALAIS (partie supérieure
du groupe monumental érigé a Calais).

« Tels défilèrent Eustache, Jean d'Aire, Jacques et Pierre
de Wissant, Jean de Fiennes et Andrieux d'Andres, lorsqu'on
les vit quitter la ville pour s'offrir à la merci du vainqueur,
« les chefs nuds, les pieds déchaux, la hart au col, les clefs de
« la cité et du chastel entre les mains », tels ils se présentent
à nous. Essaimés sur la route, ils s'acheminent vers l'immo-
lation, pareils à des martyrs (le terme ne laisse pas d'être en
situation à propos d'une œuvre si parente des vieux calvaires);
deux bourgeois conversent avec de grands gestes ; un autre
s'est pris désespérément la tête entre les mains ; un quatrième
se retourne pour jeter sur la ville un regard d'adieu ; celui-là,
à la grande barbe, au corps ruiné par l'âge, par la famine,
n'avance que lentement, l'échine ployée ; le dernier, le buste
redressé dans un frémissement de colère, de révolte, tient
nerveusement dans ses bras convulsés l'énorme et pesante
clef. Ainsi M. Rodin les a fixés dans la diversité de leur caractère, de leur âge ; il a trahi le sentiment individuel par le port
de tête, par la contraction des muscles faciaux, par la crispa-
tion des mains, par la démarche accablée ou altière ; il a voulu

que le fait fût incarné à la fois dans sa vérité tangible et dans
sa beauté morale, et l'incomparable autorité de la glorification
n'a d'autre origine que ce vouloir ; elle vient de l'aptitude à
faire ressurgir du passé les tragédies de l'histoire ; elle vient
de la toute puissance du mâle et rude génie qui sut le mieux,
depuis Michel-Ange, faire palpiter dans la matière, la passion
et la douleur, tout l'âpre tourment de l'âme humaine. Si Paris
avait conscience des obligations qui incombent à une capi-
tale, il revendiquerait l'honneur de célébrer tous les héroïsmes,
il voudrait ériger, au cœur de la cité, un second exemplaire
du monument épique et étendre le culte public, plastique, des
gloires nationales, de Jeanne de Domremy à Eustache de
Saint-Pierre. »

(ROGER-MARX.)

61. — FIGURE DEBOUT (UNE DES OMBRES).

Descendue du haut de la Porte de l'Enfer et détachée du
terrible trio de personnages décrits ci-dessus, le visiteur
pourra en détailler le modelé puissant, la farouche grandeur.

62. — L'HOMME QUI S'ÉVEILLE.

Cette statue, qui est également nommée l'*Age d'airain*, ou
l'*Homme des premiers âges*, figurait en plâtre au salon de 1877,
et en bronze au Salon de 1880. C'est ce bronze qui orne
actuellement un des parterres du jardin du Luxembourg.
Dans l'esprit du statuaire, cette figure était un emblème de la
Création ; c'était une des pierres lancées par Deucalion, qui
deviennent créatures humaines et surgissent du sol doulou-
reusement.

63. — SAINT JEAN-BAPTISTE.

Une puissante étude pour la statue du musée du Luxembourg, cette statue qui nous montre, dit M. Geoffroy, « un
anachorète maigre et robuste, d'une musculature ravagée et
solide, debout sur des pieds durcis par la marche, dressant
un torse noueux habitué à la dure, faisant un geste de prê-
cheur entêté, levant la face illuminée et béante des mystiques
et des colères ».

64. — ÈVE.

« La statue d'Ève est un admirable frisson de chair, une magnifique expression de vie. La figure, debout, la tête à demi cachée par le bras, dans une attitude de silence et d'angoisse résignée, offre à l'étude la lettre du génie de M. Rodin. La vérité de la forme, obtenue par une synthèse qui l'ennoblit, l'expression révélée par un geste dont la convention répudie la simplicité, la construction, ces modelés concourant à traduire le concept du maître par son intégrale volonté, tout cela saute aux yeux de quiconque tourne autour de cette œuvre de force et de beauté. »

(Roger Milès.)

65. — GÉNIE DU REPOS ÉTERNEL.

Une des plus récentes œuvres, d'une intense mélancolie, d'une grâce pénétrante et funèbre ; destinée à un monument commémoratif.

66. — LA TERRE.

Torse fruste et rugueux, couché à plat ventre sur le sol et rampant, semblant faire effort pour se dégager de la glèbe dont il est comme partie intégrante, véritable motte de terre à forme humaine, balbutiement de la création.

67. — LA MAIN DE DIEU.

Dans une main colossale, deux figures se tiennent embrassées ; c'est l'image du principe de création dans la main du créateur.

68. — SAINT JÉROME.

Ce sauvage vieillard, hirsute, brûlé des flammes de l'ascétisme, la bouche hurlant de terribles prières, étend les bras tout grands, et l'on devine qu'au bout de l'un d'eux est la pierre dont il va se frapper et se meurtrir la poitrine...

69. — UNE ÉTUDE POUR BALZAC.

70. — LA GUERRE.

Un robuste combattant, frappé à mort, chancelle et s'abandonne, cependant que, hurlante, grimaçante de fureur, les bras étendus dans un essor exaspéré, une sorte de Walkyrie féroce, le Génie de la Guerre, se grise de carnage et chante dans le vent son hymne à la mort.

71. — LA CARIATIDE TOMBÉE, PORTANT SA PIERRE.

Voilà une des conceptions les plus saisissantes, en même temps que des plus propres à faire comprendre le génie poétique de Rodin. L'art grec avait conçu la cariatide impassible, souriante même, supportant son fardeau avec sérénité. L'art moderne assimila les cariatides à des créatures humaines ; leur tâche sembla un châtiment, et elles le subirent en grimaçant de fatigue et de douleur : telle les cariatides de Puget à Toulon. Rodin, en grand poète plastique de l'accablement, de la tristesse, qui pèsent sur l'être humain de nos âges, a, dans une inspiration soudaine, vu la cariatide abattue, n'en pouvant plus, renonçant à porter sa pierre, mais la portant tout de même encore. Rien n'est plus poignant que cette figure si robuste et pourtant si écrasée ; rien n'est plus émouvant que cette conception sculpturale de la force elle-même vaincue, et d'autant plus vaincue qu'en elle la résistance est morte.

72. — L'HOMME ET SA PENSÉE.

Groupe de deux figures en marbre. L'éternel tête-à-tête, le dialogue que poursuit toute sa vie l'homme avec lui-même, tout ce qui se trouve devant lui, sauf cette pensée, étant un mur infranchissable.

73. — L'ANGE DÉCHU.

Groupe de deux figures. L'ange est tombé à terre, précipité du ciel; il est meurtri et pantelant; ses ailes se sont brisées dans la chute, et les grandes plumes en sont éparses sur le sol. Mais un être s'est approché de lui, s'est courbé vers lui; c'est la Terre, qui le reçoit, et qui s'efforce de le consoler.

74. — NIOBÉ.

Elle est au centre du douloureux entassement de ses enfants, frappés à ses côtés, à ses pieds, sur ses genoux même. Éperdue, affolée, elle jette vers le ciel d'où tombent ses maux, une longue et intense clameur de plainte.

75. — ALCESTE.

Admète tient entre ses bras, toute inerte sur ses genoux, l'épouse morte qui s'est sacrifiée pour lui. Mercure, conducteur des morts aux enfers, assiste à la scène avec affliction, et sa pitié est si grande qu'il ne peut se résoudre encore à accomplir sa mission.

76. — UGOLIN.

De ses fils, les uns sont morts, tombés près de lui, et il ne les voit plus; les autres s'accrochent encore à lui dans un appel de suprême détresse et de tendresse persistante. Ugolin, amaigri, épuisé, ayant perdu la conscience de sa propre vie, se traîne à quatre pattes, péniblement, comme une bête exténuée et privée de force par une trop longue faim.

77. — BUSTE DE J. DALOU.

Ce buste du célèbre sculpteur est un des plus surprenants dans l'œuvre et peut se comparer aux effigies demeurées les plus vivantes que nous ayons conservées de Donatello, de Verrochio, ou de tel autre grand statuaire du quinzième siècle. Il a de ces admirables bustes la solidité de construction, le fouillé dans le détail significatif, enfin l'expression intense, profonde, et on peut même dire troublante, des images qui gardent emprisonné dans la matière un peu de la vie, du souffle, du fluide du modèle lui-même. Tout en rappelant par le style les œuvres des maîtres que nous évoquions, le buste de Dalou a tous les caractères de l'œuvre moderne et de l'homme moderne. « La perspicacité et l'opiniâtreté de Dalou, dit M. Gustave Geffroy, n'apparaissent-elles pas dans la construction de cette tête nerveuse, dans la ligne de ce profil aigu, dans le regard qui filtre sous ces paupières fatiguées ? » C'est toute une image de l'homme tard venu, en effet, une énergie enclose dans une enveloppe frêle.

78. — BUSTE DE JEAN-PAUL LAURENS.

Un autre buste d'artiste moderne, et des plus beaux, d'un grand style, et qui offre, non moins que la ressemblance humaine du modèle, sa ressemblance morale et intellectuelle dans toute sa noblesse et sa sérieuse bonté. « Il évoque, dit M. L. Maillard, un de ces philosophes maîtres en tous les arts, que les statuaires hellènes magnifièrent pour la place publique. Le chef dénudé, la barbe forte, la bouche bienveillante, le peintre semble regarder dans les étendues de l'histoire. » (Musée du Luxembourg.)

79. — BUSTE DE ROCHEFORT.

« L'incertitude du destin et l'instinct ironique de Rochefort ne sont-ils pas visibles par ce front cerclé, orageux et inquiet, ces yeux retirés et vacillants, cette bouche nerveuse, avec une déviation d'une justesse de dessin stupéfiante, bouche de sourire et de morsure? Le cou, le bas du visage, dans ce buste de Rochefort, ont des épaississements et disent la date de l'œuvre d'art. Les plans des joues, le menton, les moustaches et la mouche minuscule, les cheveux légers, le profil nettement découpé, ont conservé des lignes nettes et de la maigreur de la jeunesse. C'est un portrait qui restera à la fois comme le chef-d'œuvre d'un artiste et comme la page d'un historien. »

(GUSTAVE GEFFROY).

80. — BUSTE DE M. ANTONIN PROUST.

A propos de ce buste, M. Octave Mirbeau écrivait en 1885, les lignes suivantes :

« M. Auguste Rodin n'a envoyé cette année que le buste de M. Antonin Proust. C'est peu et c'est énorme. Ce n'est qu'un buste en effet, mais quelle maîtrise dans cette tête fouillée, âpre, pleine d'une rudesse magnifique ! On voit que le sculpteur a tiré de son sujet tout ce qui s'y trouvait, et un peu aussi, par l'exagération naturelle au talent de voir avec relief, un peu aussi de ce qui n'y était pas. Le regard est profond et perçant, le front et les joues tourmentées comme par les laves de la réflexion qui y ont laissé des ravines et des sillons. La rigidité des poils de la barbe achève de donner à ce visage étroit, maigre et mâle, un aspect mélangé de prince et de condottiere. Ce qu'il y a de particulier en ce buste, c'est que le modèle y est exactement reproduit, mais ennobli en même temps par une courbe savante des lignes et une puissance de modelé qui lui donnent je ne sais quoi de plus grand, de plus haut ».

81. — PUVIS DE CHAVANNES.

C'est la tête du buste qui figure en marbre au musée d'Amiens. Il faudrait, au sujet de ce buste admirable, redire ce que nous avons écrit tout à l'heure à propos du buste de Dalou, et ce qui a été si bien exprimé par les écrivains cités plus haut, sur l'alliance de la vérité et du style, sur la pénétration profonde du caractère et sur l'*histoire* même des modèles, racontée en traits aussi forts que précis,

82. — BUSTE DE FALGUIÈRE.

Le dernier en date des bustes d'hommes sculptés par Rodin, le *Falguière* a été exposé au salon de 1899. La postérité s'étonnera peut-être qu'un visage aussi pensif, aussi empreint de mélancolie et d'austérité, ait été celui d'un artiste de la volupté, de la grâce charnelle. Mais elle songera que Falguière a été aussi le sculpteur du jeune martyr chrétien, et de l'épique cardinal de Lavigerie. D'ailleurs, l'homme que

6

beaucoup ont connu plein de verve et d'entraînante gaîté, présentait aussi parfois cet aspect de méditation, presque de tristesse, et cette image le retrace avec intensité, tout en redisant fidèlement les traits matériels de Falguière, tels qu'ils étaient alors que déjà peut-être, le mal qui l'emporta le minait sourdement.

83. — TÊTE DE Mme RUSSEL.

Cette tête est non point une étude d'atelier, mais un portrait dont l'original, en marbre, se trouve dans une collection particulière. L'expression de fierté, de force et de finesse, l'indicible sentiment qui l'animent, lui donnent une portée générale, une vie durable, qui vont bien au delà du simple portrait.

84. — LE MONUMENT A VICTOR HUGO.

Modèle en plâtre pour le monument dont le marbre s'achève en ce moment dans l'atelier de Rodin et qui est destiné au jardin du Luxembourg.

« Le poète, nu comme un dieu, fort comme un géant, est assis au bord de la mer, parmi les roches où viennent se briser les premières vagues. Il a devant lui le gouffre qu'il contempla pendant vingt ans, des promontoires de Jersey et de Guernesey, la vaste mer sculptée par le vent, changeante, colorée, terrible et gracieuse, l'Océan vers lequel sa pensée s'en allait toujours.....

« L'inspiration vient vers lui. Il écoute les voix qui lui arrivent portées par la vague et par l'air. Une femme s'abat sur la roche, au-dessus de sa tête, avec un mouvement d'ouragan. Une autre se dresse derrière lui dans la mousseline des vagues. L'une est virile et indomptable, elle parle et chante à voix haute : c'est la muse de l'histoire, de la légende et de la colère ; elle a parcouru la terre et elle apporte avec elle les protestations et les révoltes humaines. L'autre est douce, mélancolique et charmante ; son corps jeune et frais est tout imprégné de l'eau de la mer, et c'est elle qui murmure et chuchote les douces paroles que gazouillent les flots, qui

bruissent aux verdures des rives et que chantent les enfants,
les jeunes filles et les amants.

« Rodin a rendu son idée visible pour tous. Ces deux
femmes ne sont pas des apparitions. Ce sont des voix. Le
regard du poète les ignore. Il les écoute, pendant que l'espace
se déploie devant lui, et jamais double action d'une physionomie ne fut mieux exprimée : les yeux, petits, vivants,
profonds, dégagent une puissance de vision extraordinaire,
pendant que l'attention, la réflexion s'emparent du visage,
donnent au corps cette attitude de force à l'abandon. La
pensée intérieure se manifeste par ce repos du corps, par le
front penché et le beau geste instinctif de la main qui s'é-
tend. »

(GUSTAVE GEFFROY).

85. — MAQUETTE DU PREMIER MONUMENT A
VICTOR HUGO. (ORIGINAL, BRONZE APPARTENANT A
M. PEYTEL.)

On sait qu'avant la commande par M. Larroumet, pour le
Luxembourg, du groupe qui précède, M. Rodin devait exé-
cuter un monument pour le Panthéon, et qu'une « com-
mission » ayant élevé la prétention de *corriger* cette œuvre,
l'artiste préféra y renoncer. Ce monument était inspiré par
la même idée, mais offrait une disposition différente. Cette
esquisse est une des recherches d'ensemble que le sculpteur
fit alors.

86. — VICTOR HUGO, BUSTE EN MARBRE.

Déjà bien avant de concevoir le monument à Victor Hugo,
tel que nous le voyons aujourd'hui et tel que dans l'esquisse
précédente, Rodin avait fait, d'après nature, de nombreuses
études du poète : d'abord de multiples dessins qui avaient été
dispersés et furent retrouvés par M. Georges Hugo, puis
diverses pointes sèches, enfin des bustes de grand et de
petit modèle. Un des plus beaux de ces bustes, en marbre,
fut acquis par la Ville de Paris et est exposé au musée Galliera.
Celui-ci est analogue, avec quelques variantes ; il est inutile
d'en dire la puissance de modelé et la beauté d'expression.

87. — LA VOIX INTÉRIEURE.

Cette belle figure penchée est l'étude de la figure méditative, de la voix « mélancolique, douce et charmante » décrite par M. Geffroy. Rodin l'appelle : une des *Voix intérieures*, par allusion à l'un des plus beaux recueils de Victor Hugo, qu'elle incarne et résume.

88. — UNE DES VOIX.

Celle qui inspire les œuvres satiriques, vengeresses, les *Châtiments*, et qui vient à l'oreille du poète inspirer ses colères.

89. — AUTRE VOIX, DITE IRIS.

Encore une étude pour le monument à Victor Hugo, qui comportait d'abord trois Voix. Celle-ci est dite par Rodin *Iris, messagère des dieux*. C'est une puissante recherche de nu, un fragment qui respire et se meut, d'un mouvement audacieux, une jambe étendue, la main tenant le pied, dans une sorte d'envolée frémissante.

90. — BALZAC.

Nous l'avons dit, ceci n'est point un livre de discussion, mais de bonne foi et d'explication simple. Aussi nous nous abstiendrons de revenir sur les polémiques retentissantes qui s'engagèrent au sujet de cette œuvre à deux reprises, dont une avant même qu'elle fût exposée.

Pendant que s'élaborait cette statue, M. Roger Marx, admis à la voir dans l'atelier de l'artiste, la décrivait ainsi :

« Balzac est figuré debout, drapé dans le froc de dominicain qui fut le suaire jamais quitté de ce penseur opiniâtrement rivé à la tâche, selon la manière des moines du vieil âge. Et comme l'ample vêtement séculaire n'accuse aucune date, la pensée va généralisant et la seule idée suggérée par le costume est celle de la réclusion laborieuse, celle du travail repris à chaque aube, sans trêve ni merci.

« Cependant, il ne faut point insister outre mesure. A une technique toute-puissante et admirablement sûre, Rodin joint les soucis d'intellectualité les plus rares, et dans ses statues iconiques — qu'il s'agisse de Bastien Lepage ou de Claude Lorrain — le vêtement, relégué au rang de cadre ou d'accompagnement, ne remplit point d'autre rôle que dans la plupart des portraits de Frans Hals et de Rembrandt. Point du tout photographique, indiqué largement au moyen d'abréviations voulues, jamais il ne nuit à la signification du geste, jamais il ne distrait l'attention du visage, où est la vie et la pensée. Ici l'attitude est pleine de calme et de souveraine quiétude ; les bras sont croisés sur la poitrine, sans laisser rien voir de ces mains de prélat dont Balzac tirait vanité, et pour cela même, immédiatement l'œil se porte sur le masque et en veut pénétrer l'énigme.

« Le buste de David d'Angers avait montré un Balzac embelli, affadi, d'une gravité olympienne — tandis que, au témoignage de Gautier, l'expression habituelle de la figure était une sorte d'hilarité puissante, de joie rabelaisienne « qui faisaient songer à frère Jean des Entommeures, mais agrandi et relevé par un esprit de premier ordre ». Rodin s'est préoccupé de chercher ce qui, sur ce visage large, franc et ouvert, annonçait la puissance, la volonté, le génie, et il a visé à la ressemblance, telle que l'exige l'optique de la place publique, à la *ressemblance statuaire*, en faisant prédominer, en accentuant les traits caractéristiques, signalétiques, indices de l'individualité : l'élévation du front, la profondeur de l'enchâssement de l'orbite, l'éclat aigu des yeux, la carrure du nez, la sensualité des lèvres épaisses. Mais qu'est-ce cependant la fidélité de l'allure, de l'aspect, de la physionomie, si vous lui comparez l'expression répandue sur ce visage et la complexité des sentiments qui s'y peuvent lire ? Un indéfinissable sourire, fait à la fois de bonté, de raillerie et de défi, entr'ouvre la bouche aux contours sinueux et l'accord de ce sourire avec le regard, le port de tête rayonnant, disent l'inanité des négations, des insultes d'antan, le légitime orgueil de l'œuvre accomplie, l'espoir confiant en la postérité. »

Cette description avant la lettre est demeurée tout à fait conforme à l'œuvre achevée.

Voici, d'autre part, comment cette œuvre était décrite par

M. Roger Milès, lorsqu'elle fut exposée au Salon de 1898 :

« Quand il s'est agi de représenter Balzac, Rodin a compris que l'enveloppe humaine devait s'effacer devant la pensée plus qu'humaine : il a donc sacrifié le corps dans les plis de la longue robe de bure dont se drapait l'écrivain, et il a reporté toute la puissance de son art dans la tête, et cette tête est extraordinaire, admirable, monstrueusement illuminée de génie. C'est un foyer dans lequel réside le feu de deux regards profonds, immenses, infinis ! C'est la vision la plus audacieuse qu'un statuaire ait jamais osé mettre à la pleine lumière. Le corps est légèrement penché, la tête rejetée en arrière, il y a dans le nez sensuel comme un frémissement de toute l'humanité ; la lèvre se relève, ironique et terrible, au spectacle de la comédie que l'écrivain à étudiée à tous les degrés de l'échelle sociale. Rodin a voulu, comme il l'avait fait pour son Victor Hugo de l'an dernier, donner la synthèse la plus philosophique du génie de Balzac, et il est arrivé à cette expression que lui seul pouvait concevoir avec cette incomparable intensité. Certains lui reprocheront une exécution qu'ils jugeront sommaire ; c'est qu'alors nous ne sommes pas assez mûrs pour la compréhension de sa formule et l'abstraction aiguë de son génie. »

91. — LE GÉNÉRAL LYNCH.

Petit modèle d'une statue équestre commandée pour les États-Unis et qui a été envoyée à sa destination sans être exposée en France.

92. — LA JEUNE MÈRE. (bronze, collection peytel.)

« Une mère, tendrement inclinée vers son enfant, lui tend les bras...

... Les corps, sculptés en haut relief, et comme enfoncés dans une cavité de pierre, semblent vivre la même vie, circulaire et recluse, au fond d'une grotte. On songe à des maternités primitives, à des allaitements de bêtes dans les antres. La délicatesse des soins instinctifs, les enveloppements adroits, les gestes de précaution et de prudence, l'ab-

négation spontanée de la femme pour l'être né de ses
entrailles, sont largement indiquées. La synthèse de la ma-
ternité, gracieuse et tendre, est réalisée en sa simplicité
fruste. » (GEORGES LECOMTE : *L'Art impressionniste.*)

93. — LE SCULPTEUR ET SA MUSE (GROUPE DE PIERRE).

Plongé dans une contemplation intérieure, le sculpteur est
assis, son coude appuyé sur un genou et la tête reposant sur
sa main. Une muse s'est approchée de lui, dans un vol
caressant; elle vient des hauteurs; ses formes souples semblent onduler au gré de la brise, et rien n'est plus chaste-
ment voluptueux que cet enlacement de lignes, cette étreinte
passionnée figurée par deux corps, qui ne se touchent pas.

94. — FUGIT AMOR.

Ce groupe de marbre, d'une délicatesse infinie, est pour
ainsi dire de la même famille que le précédent, quant à la
recherche de souplesse dans les mouvements, de subtilité
dans le modelé. Seulement, il y règne un accent douloureux
et l'impression de mort, de perte irréparable, s'y mêle à la
première sensation qui est de volupté. Rivés l'un à l'autre,
deux êtres sont transportés rapidement dans les airs. La
femme, dédaigneuse, méprisante, semble ne point voir, ne
point sentir le jeune homme, qui, tout défaillant, s'accroche
encore à elle. Tous deux s'en vont parallèlement vers le
néant.

95. — L'ÉTERNELLE IDOLE.

Ce groupe en marbre n'existe qu'en deux exemplaires, l'un
à M. Alexandre Blanc, l'autre à M. Eugène Carrière.

Encore une œuvre qui peut être groupée avec les deux pré-
cédentes et qui semble appartenir au même cycle, ainsi que
l' « Homme et sa pensée » décrit plus haut. A première vue,
on croirait qu'ici il y a communion plus étroite entre l'idole
et son adorateur. Mais observez qu'elle se laisse adorer, et
que, dans ce groupe, l'homme se donne tout entier, avec une
sorte de ferveur, tandis que la femme le domine, avec un joli
geste de bête, cette main qui tient le pied délicat et impatient ;
elle hésite tout au moins ; elle permet, elle n'éprouve point.

96. — LA PENSÉE.

Une belle tête de femme, d'une élégance grave, d'une expression sérieuse et fière, apparaît, se dégageant d'un massif bloc de marbre, comme la beauté s'extrait de la matière.

97. — LE PURGATOIRE.

98. — TÊTE DE SAINT JEAN-BAPTISTE, DANS UN PLAT. (MARBRE PRÊTÉ PAR M. THAULOW.)

99. — FAUNESSE DEBOUT.

Célèbre étude pour la Porte; une femme debout, se campant sur ses jambes raidies, étendant un bras vers la terre, avec un geste de menace et d'énervement.

100. — ESQUISSE POUR UN UGOLIN.

Robuste étude d'une figure d'homme assis, un peu penché en avant; pour un Ugolin qui n'a pas été exécuté.

101. — BELLONE.

Tragique tête de femme casquée, au visage crispé par la colère, d'une simplicité de modelé et d'une expression de force qui rappelle l'art de Rude.

102. — MARTYRE CHRÉTIENNE.

103. — BUSTE D'HOMME (M. EDDY).

104. — LA PROPHÉTESSE.

Une inspirée écoute le dieu aérien, au front ceint de rayons, Apollon, qui vient de se poser près d'elle et lui dicte les oracles.

105. — LE HÉROS.

Le vigoureux et jeune héros, appuyé à un roc, cherche à retenir une Victoire, une petite figure de femme ailée, capricieuse, prête à prendre son essor.

106. — LA DANAIDE.

« Une Danaïde tombe et reste prostrée sur le sol. »

(G. GEFFROY.)

107. — « FEMMES DAMNÉES » (BAUDELAIRE).

« Deux femmes : l'une est couchée sur le flanc, une hanche maigre en saillie. La tête sur le sol, elle est fatiguée, toute gonflée, toute exténuée de pleurs, elle reste insensible à l'appel de sa compagne, bouche criante, les bras parallèles et impuissants et qui fait un effort inutile pour la prendre et la relever ».

(G. GEFFROY).

108. — JUGEMENT DERNIER (FRAGMENT).

Les morts se réveillent tels qu'ils furent pendant leur vie, l'avare portant instinctivement ses mains vers son trésor ; la femme folle de son corps ébauchant un geste de lassitude et de bestialité.

109. — LA FORTUNE SUPPLIÉE.

Ce groupe, s'arrangeant en cul-de-lampe, à la façon de ceux de nos vieilles cathédrales, se compose de deux figures, celle de la Fortune qui détourne dédaigneusement la tête et celle de l'Homme qui s'accroche à elle et embrasse ses pieds avec désespoir.

110. — TENTATION DE SAINT ANTOINE.

Le saint, vêtu de sa robe de bure, ou plutôt comme enseveli sous elle, est agenouillé, prostré, se cache, s'écrase sur le sol

7

avec un effroi furieux cependant que la tentation, sous les espèces d'une svelte figure de femme, se roule sur lui, voltige autour de lui, comme un air impalpable.

111. — TROIS FAUNESSES.

Elles s'ébattent et tournent en rond, leurs têtes rapprochées et leurs bras enlacés formant comme une couronne, leurs corps graciles et sauvages s'écartant du cercle, leurs jambes minces piétinant le sol. Groupe à rapprocher de celui des « trois vertus » mentionné plus haut, et dont il est comme la contre-partie.

112. — ÉTUDE, TORSE PENCHÉ.

Fragment, torse de femme dans le sentiment antique, les deux bras se réunissant sous une des cuisses.

113. — AUTRE TORSE PENCHÉ.

114. — AUTRE TORSE PENCHÉ.

115. — ETUDE D'UN NU DE GROSSE FEMME.

116. — LE GÉNIE DU REPOS.

Variante de la grande figure, dans des dimensions beaucoup plus réduites.

117. — L'AURORE S'ÉVEILLANT.

Figure debout, pleurant, se cachant à demi le visage avec un de ses bras relevés.

118. — ÉTUDE D'UN GROUPE DE DEUX FIGURES S'ÉTREIGNANT.

Ce groupe de deux vigoureuses figures qui paraissent à la

fois se rechercher et lutter avec acharnement, a été composé
à l'époque où l'artiste inventait maintes attitudes, d'innombrables groupements d'Ombres en vue de la Porte de l'Enfer.

119. — LE VIEIL ARBRE.

Un faune, rugueux et noueux comme un vieil arbre étend
ses bras comme des branches, et lève en avant sa jambe
velue au sabot fourchu de bouc, semblable à une racine
arrachée de terre. Son front, autour duquel des cornes s'en-
roulent en fortes volutes, est orné de pampres. Son torse est
tout cabossé de muscles, tout raviné comme une écosse mous-
sue. Une dryade, petit animal capricieux et simiesque à lignes
de femme, a grimpé le long de ce vieil arbre, et, s'accrochant
à lui des genoux et des coudes, lutine follement sa rude che-
velure. Lui, que ce jeu exaspère et amuse, raidit ses bras plus
nerveusement et paraît prêt à les refermer sur l'impudente et
imprudente sauvagesse.

120. — LA VIEILLE FEMME (musée du Luxembourg).

Un bronze de cette tragique figure est au Luxembourg. Il
est inutile de rappeler l'impression poignante que produisit, à
son apparition, cette étude de ruine et d'accablement, étude en
apparence impitoyable, mais inspirée, en réalité, du haut et
sévère sentiment de mélancolie qui régnait dans d'analogues
images qui abondent dans le vieil art français, du XIIe siècle
jusqu'à la Renaissance.

121. — LA MISÈRE.

Autre étude de vieille femme, renversée et gisant sur la
dure. Appartient à M. David-Nillet.

122. — L'ÉTERNEL PRINTEMPS. (collection Albert Kahn.)

Ce groupe, une des variations sur le thème du *Baiser*, le
grand marbre exposé à la Décennale, est entièrement de
volupté, de grâce, et de joie, sans l'arrière-pensée de tristesse,
sans l'habituel et fatal aiguillon de l'angoisse et de la mort.

123. — L'ENLÈVEMENT.

Ici, au contraire, dans ce groupe qui remonte déjà à près d'une vingtaine d'années dans l'œuvre, l'amour est emporté, convulsif, plein d'une sorte de sinistre fureur. L'homme enlève dans ses bras, au-dessus de sa tête, comme une proie, la femme toute pelotonnée sur elle-même, et aussi morne, aussi passive qu'il est, lui, exaspéré et frémissant.

124. — MAQUETTE D'UN MONUMENT AU TRAVAIL.

Ce projet de monument dont la silhouette évoque tout d'abord celle du campanile de Pise, mais qui en diffère profondément, se compose d'un soubassement qui lui-même recouvrirait une vaste salle souterraine, puis, comme partie principale, d'une colonne autour de laquelle s'élèverait en spirale une rampe à pente douce, extérieurement bordée par de fines arcades, intérieurement par les bas-reliefs de la colonne elle-même, sur lesquels se dérouleraient des scènes retraçant toutes formes de l'activité humaine. Cette colonne serait couronnée par le groupe des *Bénédictions*, qui forme le numéro suivant.

125. — LES BÉNÉDICTIONS.

Deux figures de femmes, comme de grands oiseaux bienfaisants, viennent de se poser sur le faîte, gracieuses et graves, étroitement groupées, répandant sur le monde leurs prières et l'ombre rafraîchissante de leurs ailes.

126. — LE CRÉPUSCULE ET LA NUIT.

Le crépuscule, tombant du ciel, vient rejoindre la Nuit qui va s'étendre sur la terre.

127. — VULCAIN ET PANDORE (PETIT GROUPE DE DEUX FIGURES).

128. — JEUNE FILLE CONFIANT SON SECRET A UNE OMBRE.

129. — JEUX DE FAUNE.

Esquisse.
Se roulant sur le dos, un faune, les jambes en l'air, fait tour-
noyer une petite nymphe au bout de ses pieds, à la manière
des jongleurs.

130. — LA VAGUE.

Groupe de deux figures serpentant et ondulant en sens in-
verse, comme font les vagues qui se rencontrent, se joignent
et se fuient.

131. — BASTIEN-LEPAGE.

Bas relief.

132. — FEMME A GENOUX, DOMPTÉE PAR L'AMOUR.

Terre cuite appartenant à M. Fenaille.

133. — ÉTUDE POUR UN BUSTE DE BAUDELAIRE.

134. — UN BOURGEOIS DE CALAIS.

Réduction en bronze. (COLLECTION PEYTEL.)

135. — L'HOMME AU NEZ CASSÉ.

Cette saisissante figure, sur laquelle nous terminons ce catalogue des sculptures, remonte tout à fait aux débuts de Rodin,
et date du salon de 1864. C'est une étude de réalité, mais
telle déjà qu'en pouvait faire un observateur de l'humanité,
un artiste qui à un type particularisé a le pouvoir de commu-
niquer un caractère de tous les temps et une portée générale.

136 à 150. — Sous ces numéros ont été réunis diverses figures, esquisses de groupes, études de mouvements ou de
morceaux.

BALZAC

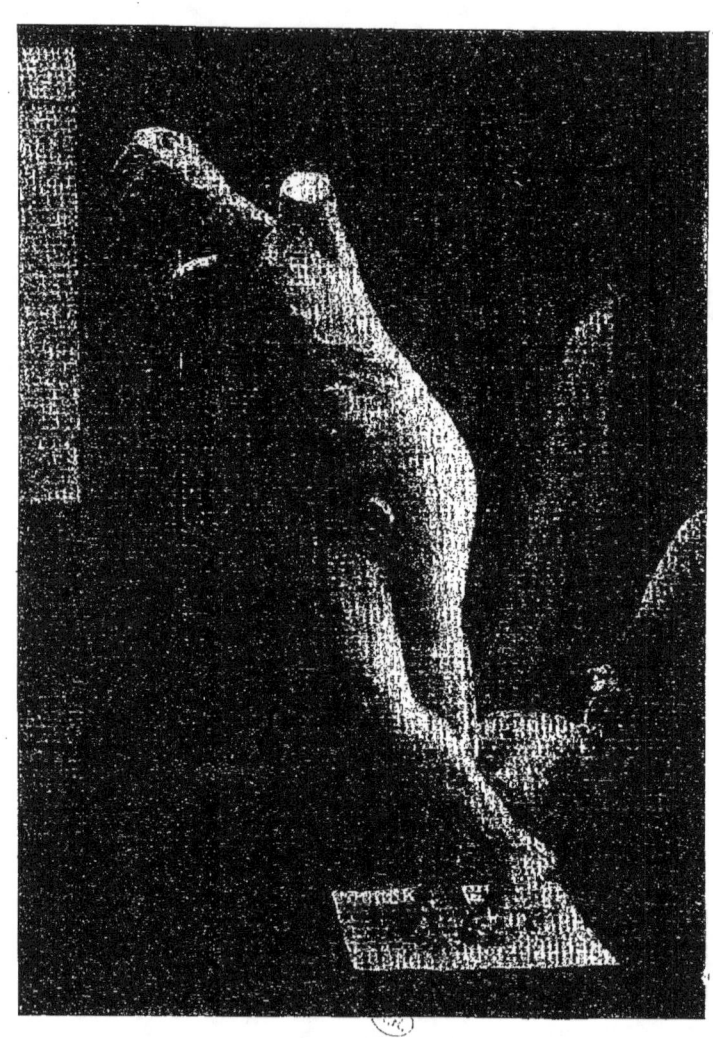

LE GÉNIE DU REPOS ÉTERNEL

BUSTE DE FALGUIÈRE

UNE ÉTUDE POUR BALZAC

ÈVE

ÉTERNEL PRINTEMPS

L'ANGE DÉCHU

L'AGE D'AIRAIN

LE SCULPTEUR ET SA MUSE

TROIS FAUNESSES

MODÈLE DU MONUMENT DU GÉNÉRAL LYNCH

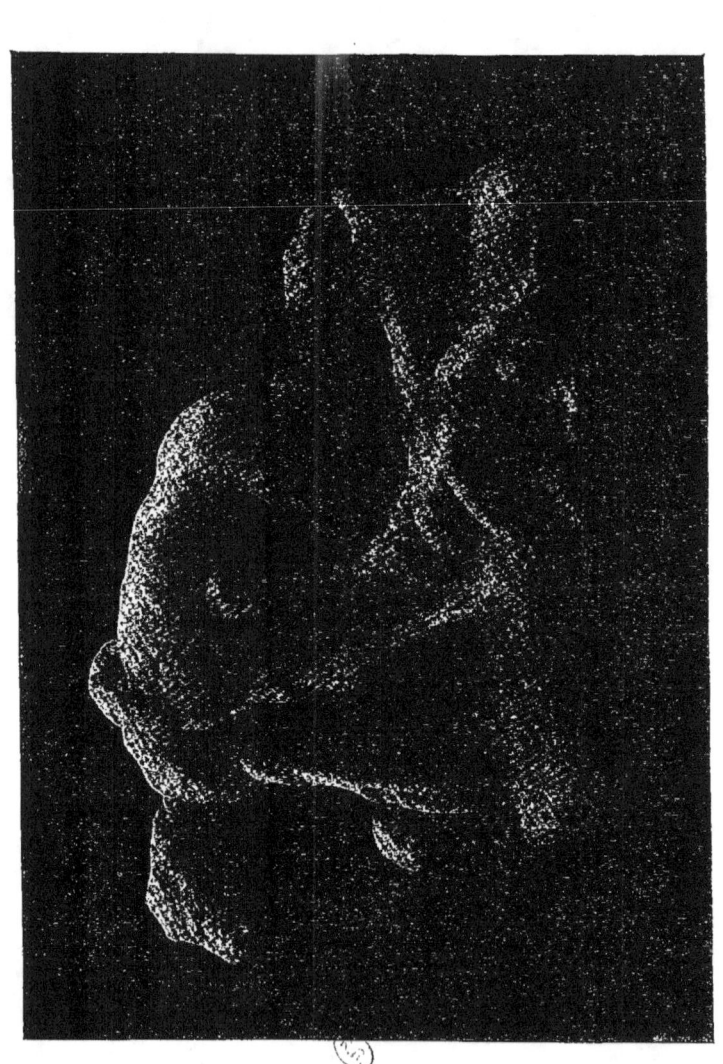

UGOLIN

UN DES BOURGEOIS DE CALAIS

DÉSESPOIR

BUSTE DE FEMME

LE FAUNE ATTIRÉ PAR LA BACCHANTE

TROIS SIRÈNES

LA GUERRE

UNE DES OMBRES DE LA « PORTE DE L'ENFER »

PARTIE SUPÉRIEURE DE LA « PORTE DE L'ENFER »

LA VOIX INTÉRIEURE

GROUPE DE DEUX FIGURES S'ÉTREIGNANT

PERSÉE

FRAGMENT DU MONUMENT A VICTOR HUGO

FUGIT AMOR

SAINT JEAN-BAPTISTE

BUSTE DE FEMME

DESSINS

L'exposition des œuvres de Rodin se complète d'un choix de ses dessins, recherches de forme et soudaines inspirations. Nous ne pouvons entrer dans l'énumération détaillée de ces multiples feuillets, destinés à pénétrer dans l'intimité même de l'œuvre; nous nous contenterons, pour résumer l'impression qui s'en dégage, d'emprunter à M. Octave Mirbeau, dans sa préface pour la superbe publication des dessins de Rodin reproduits en fac-similés par la maison Goupil, cette appréciation générale :

« A eux seuls, ces dessins suffiraient à la gloire d'un artiste, puisqu'ils ont tout ce qui constitue la beauté : l'invention et la forme. Ce ne sont pourtant, pour la plupart, que le germe de l'œuvre future, le rêve de l'œuvre future, que la main promène sur le papier, à la pointe du crayon ou du bec de la plume avant de le fixer dans la matière dure où il s'incarnera, immortellement vivant. Ils nous montrent par quelle suite de travaux, d'études, de projets, de recherches passionnées portèrent quelques-unes de ses principales œuvres, aujourd'hui réalisées dans le marbre, le bronze ou la pierre. Avec eux, nous assistons vraiment, jour par jour et, pour ainsi dire, feuille par feuille, à la création de ces innombrables poèmes qui composent cette « Porte de l'Enfer » où, en compagnie de Dante, esprit fraternel, le sculpteur aura trouvé l'impérissable expression d'un art dont la nouveauté, le grand cri de vie nous étonnent encore, nous qu'une longue accoutumance d'enthousiasme a pourtant familiarisés avec son génie. »

PARIS

IMPRIMERIE D. DUMOULIN

5, rue des Grands-Augustins, 5